KB120774

북향 사과

시작시인선 0399 북향 사과

1판 1쇄 펴낸날 2021년 11월 22일
지은이 황정희
펴낸이 이재무
책임편집 박은정
편집디자인 민성돈, 장덕진
펴낸곳 (주)천년의시작
등록번호 제301-2012-033호
등록일자 2006년 1월 10일
주소 (03132) 서울시 종로구 삼일대로32길 36 운현신화타워 502호
전화 02-723-8668
팩스 02-723-8630
홈페이지 www.poempoem.com
이메일 poemsijak@hanmail.net

ⓒ황정희, 2021, printed in Seoul, Korea

ISBN 978-89-6021-598-6 04810
      978-89-6021-069-1 04810(세트)

값 10,000원

북향 사과

황정희

천년의 시작

시인의 말

오래 서글펐던 것들이 잠깐씩 훈훈해졌으나
아직 멀었다.
몰랑하고 달콤하고 바삭하고 촉촉한 것들
우련하고 서늘하고 처연하고 아득한 것들
가난하고 외롭고 높고 쓸쓸한 것들
그리고 내 오라비
입이 떨어지지 않는 말들이 아직 남아 있다.

차 례

시인의 말

제1부

제3부

제1부

능금나무가 보고 싶네

능금나무에게서 편지가 왔네
올해도 가지 찢어지게 능금이 열렸으니
부디 와서 능금 향기 좀 덜어 가라 하네
지난해는 아무도 오지 않아 산까치에게
새 울음 몇 자루 받고 능금을 모두 넘겼다 하네
아 나는 능금나무가 보고 싶네
내 기억의 뜰 젊은 능금나무 한 분
내가 열 살 적 그 능금나무는
우쭐우쭐 크는 능금을 돌보느라
수인사도 잊고
골짜기로 떨어지는 햇살을 퍼다 먹이기 바빴네
푸르다가 노랗다가 붉어지는 능금들이
가지를 물고 쪽쪽 물관을 빨고 있었네
이제는 땅으로 꺼져 수풀이 되었을 너와집 터
능금나무는 전설 속 새색시처럼
늙지 않고 그 자리에 서서
제 발등을 치는 능금만 서럽게 세고 있을 것이네

소나기

한바탕 퍼붓는다

소금쟁이는 소금쟁이 말로
느티나무는 느티나무 말로
굴뚝새는 굴뚝새 말로
바람은 바람의 말로
할머니는 할머니 말로

가만히 들어 보니
다 같은 말이다

너머

찻집을 연다면

이름을 너머라고 짓겠네

너머로 아침이 오고 저녁이 오고 어둠이 오고

생강나무 꽃이 오고 제비가 오고 소나기가 오고

높새바람이 오고 첫눈이 오고 사람이 오고

그것들은 모두 너머로 흘러갔네

너머의 것들은 모두 살아 있는 뜨거운 것들이었네

물머리

물 내려온다
누군가 둑길에 서서 외쳤다
그때 뿔도 더듬이도 없는
둥그스름하고 밋밋한
그놈의 머리가 보였다
뒤틀며 달려오는 누릿한
물구렁이 한 마리
순식간에 도랑을 삼키고
좁은 마을을 빠져나갔다
머리 뒤로 꿈틀대는 몸통은
끝도 없이 한도 없이 길었다
우리들의 대거리라고는 고작
뒤에서 몇 걸음 쫓는 게 다였다
눈앞에서 무심한 듯
찰방찰방 물이 놀고 있었다
한때 잠깐 어떤 물길의 머리였던
물의 맨 선두에서 달리던
그 물은 어디쯤 있을까
물이 가는 길
기왕이면 머리가 되자던 그 물은

바다로 하늘로

비와 눈으로 떠돌며

어디서 발 탕탕 구르고 있을까

산지기네 싸리비

성근 싸리비는 염소 등을 쓸어 주거나 거미줄을 걷어 내거나 낟알을 쓸어 모으거나 가랑잎을 쓸어 내거나 톱밥을 쓸거나 숫눈을 쓸었네

산지기네 마당은 철마다 분주했네
싸리비는 천둥과 산꿩 소리와 햇살과 별빛과 산그늘과 살쾡이 발자국을 쓸어 모으는 일이 즐거웠네

모두 떠나고 마당엔 달빛만 어지러웠네
싸리비는 무너진 흙담 아래 기대어 적막을 엿들었네

빈집엔 싸리꽃이 피고 간간이 꿀벌들이 윙윙대며 드나들었네

울어라 열풍아

암 병동 치잣빛 수면 등 아래 환갑 앞둔 아들과 구순 넘은
아버지가 이어폰 한 쪽씩 나눠 끼고

피리를불어주마울지마라아가야머물다간인생길이아쉬움
이남겠지만운다고옛사랑이오리오마는그누가알아주나휘파
람소리돌담길돌아서면또한번보고고향의물레방아오늘도돌
아가는데네마음내가알고내마음네가안다날이새면물새들이
시름없이날으는고요한강언덕에사랑도있고이별도있고눈물
도있네똑딱선기적소리젊은꿈을안고서그립다안타까운울던
밤아안녕히꿈많던내가슴에봄은왔는데쌍고동울어울어연락
선은떠난다저강물흘러흘러어디로가나세월따라가다보면다
시못올길아빠의청춘파랑새노래하는청포도넝쿨아래로왕거
미집을짓는고개마다굽이마다무너진사랑탑아울어라열풍아

세상에서 가장 아름다운 뽕짝을 듣고 있다

입속의 헛꽃

세상의 말들은 나를 드러내기 위해 있지만
더 많게는 나를 숨기기 위해 있다
오늘 너를 만나 비비새처럼
말이 끊이지 않는 나를 본다
나의 재잘거림은 멈출 수 없다
창밖 흩뿌려진 산수국 꽃은 청보랏빛
꽃이 되는 말이 있다면
어떤 말들이 꽃이 되나
어떤 꽃들이 말이 되나
세상 모든 꽃의 받침은
온몸으로 꽃을 떠받들지만
정작 그것이 뿌리의 말이라는 걸 알고 있을까
살수록 숨기는 일에 더 능수능란해지는 말들
오늘도 나는 너를 주체할 수 없어
네 앞에서 헛꽃처럼 부풀어 오른다

얼굴

나무에게도 얼굴이 있네

눈 코 입 따로

80개 근육 7,000여 가지 표정이 있네

얼이 드나드는 굴

아이의 천진 노인의 무구가 있네

눈 맞추거나 코 문지르거나

입술 닿는 인사법이 있네

나는 언젠가 본 적이 있네

밤새 태풍에 시달리고 난 후

민낯 내밀어 서로의 안부를 묻던 나무를

입술 오므리고 숨비소리 토해 내던 나무를

창가 쪽으로 자꾸 목이 길어지던 나무를

서로의 눈빛 어루만지며

다독다독 오후의 인사 나누던 나무를

밥상 이야기

　둘째 가졌을 무렵입니다 하루는 장 보러 나갔다가 왜 그리 칼국수가 먹고 싶던지요 층층시하 먹고 싶은 것 따로 챙길 여유 없던 시절 난데없는 칼국수 생각 참 난감했습니다 배 속 아이는 여전히 칭얼대고 좁은 시장통에 서서 한참 머뭇거리다 칼국숫집을 찾아 들어갔습니다 바지락 칼국수 한 그릇 시켰습니다 배 속 아이는 얌전히 기다리고 문밖 소음도 저만큼 물러났습니다 무심코 앉았는데 주방에서 호박 써는 소리 마늘 다지는 소리 냄비 뚜껑 여닫는 소리가 들렸습니다 아 누군가 내 밥상을 차리고 있었습니다 문득 몇 해 동안 한 번도 밥상을 받아 보지 못했구나 하는 생각이 들었습니다 삼시 세끼 새로 지은 밥에 국에 나물에 밥상을 차려 내면서도 나는 늘 귀퉁이에서 허겁지겁 끼니를 때우는 밥하는 여자였습니다 갑자기 내 안에 누군가 비죽비죽 울기 시작했습니다 생각지도 못한 일이었습니다 곧 바지락 칼국수 한 상이 차려져 나왔지만 내 눈에는 눈물이 그득 차 밥상이 제대로 보이지 않았습니다 슬며시 몸을 틀어 주방을 등지고 앉아 하나씩 바지락을 건져 냈습니다 그 자리에 눈물이 텀벙텀벙 뛰어들었습니다 오후 햇살이 흔들리는 등을 붙잡아 주었습니다 그때 내게 밥상을 차려 준 아주머니가 텔레비전 채널을 돌리면서 볼륨을 올렸습니다 어쩌면 콧물까지 빠뜨릴 뻔 했지만 텔레비전 소리가 콧물 훌쩍이는 소리까지 묻어 주었습니다 퉁퉁 불은 칼국수를 먹고 또 먹었습니다 다 먹도록 텔레비전은 시끌시끌 돌아가고 출입문도 열리지 않았습니다

숨구멍

수렁 속에는
시커먼 펄 뒤집어쓴 연뿌리들이
가로로 누워
통통하고 미끈하게 자란다

펄 속은 공기가 없어 연은
스스로 잎맥에서부터 줄기와 뿌리로
긴 구멍을 잇대어 공기를 실어 나른다

근의 구멍은 연의 숨구멍
얼굴 뻘개지도록
제 몸속으로 공기를 불어 넣는다
펄 속에서 꿈틀꿈틀 둘레를 키운다

펄은 깨끗한 폐를 가졌다
올해도 못 위로 허파꽈리 같은 연꽃
가득가득 밀어 올린다

화무십일홍

몸속 꽃 피우느라
봄꽃 농사 놓치신 아버지
뜰 안 지천이던 꽃들 사라졌네
갈비뼈 아래 온실 속
으릉으릉 꽃들 번지는 동안
아버지는 내리 잠만 주무셨네
꽃 피고 새 우는 철 잊으셨네
아버지 몸에 유채꽃 물 번지네
노랗게 시들어 가네
일장춘몽 덧없이 피었다 지네
숨이 돌고 피가 돌고 뼈가 붙는
숨살이 피살이 뼈살이꽃 따로 없다시던
꽃밭지기 등 굽은 아버지
화무십일홍
열흘 꽃처럼 앓다 가시네

엉덩이의 힘

머리보다 주로 엉덩이를 키웠군
엉덩이에서 쭉 뽑아 올린 머리통을
더듬이라고 불러야 하나 뿔이라고 불러야 하나
아니면 소리통이라고 불러야 하나
짧은 다리와 물갈퀴 발이
가까스로 엉덩이를 떠받치고 있군그래
힘차게 공기를 저어 바닥을 밀고 가는 저 힘
엉덩이에 모든 걸 걸었군
호수에 다다르자 그대로 쫄딱 미끄러지는 걸 보면
수면이 꽤 미끄러운 모양이네
물 위에서 두 발로 서는 건 꿈도 꾸지 말게
그냥 엉덩이로 쭈욱 밀고 흘러 다니게
혹 엉덩이가 가라앉을까 걱정이네
곤두박질쳤다가도 냉큼 물 위로 걸터앉는 저 힘
엉덩이 짓무르지 않게
날개로 바람이나 자주 넣어 주게
쉿, 지금 호숫가에선
꽥꽥 어린 것들의 엉덩이 체조가 막 시작되었네

지는 해

뜨는 해 말고
지는 해 보러 가자
해 마중 아니고
해 배웅 가자
내일 말고 오늘 가자
지는 해 보며
오늘 하루도 좋았다 하자
여기서 지는 해가
저쪽에선 뜨는 해
꽃 지듯 지는 해를
당신이라고 하자

부부

왜, 나 또 코 골았어?
흐으 그랬구나
또 하루 당신과 꿀물같이 자고 눈을 뜬다

커튼 너머 아침 햇살 쏟아지는 영화처럼
불륜처럼
연인처럼
그렇게 살 수 없다는 건
이제 알 만큼 안다

산비둘기처럼
구구구구
산다고 살면서도
살수록 혈안이 되는 건
사랑 아닌 것들뿐

사랑이 밥을 먹여 줬다면
굶기를 밥 먹듯 해야 했는데
사랑은 그것도 아닌 것이다

\>

사랑은 어쩌면
밤마다 모로 누워 코를 고는 것
가슴과 등이 맞닿아
가끔 그 간지러움을 못 견뎌 하며
그렇게 꿀물 같은 밤을 이어 가는 것이다

청출어람

아버지는 언제부턴가 지퍼 잠그는 걸 까먹었다
어머니는 그런 아버지를 자주 구박했다
정신 줄 어디다 놓고 사느냐는 둥
손이나 제대로 씻었겠느냐는 둥
갈 때가 다 됐다는 둥
옆에서 듣고 있기가 여간 거북한 게 아니었다
아버지는 아직 고장 난 수도꼭지도 잘 고치고
부러진 우산도 잘 고치고
생선 대가리도 꽉꽉 잘 씹어 드시는데
어느 날 아버지 대신 남편의 지퍼가 열려 있는 걸 보았다
누구 눈에 띌세라 나도 모르게
정신 줄 엿 바꿔 먹었냐고
칠칠치 못하게 뭐하는 짓이냐고
벌써부터 치매냐고
어머니보다 더 험한 상을 하고는 퍼붓고 있었다

제2부

북향 사과

이건 북향 사과군
당신은 맛없는 사과를 만나면
그렇게 말하는 버릇이 있더군
사과 좀 안다 이거지
꽃눈이 늦어 씨알이 잘고
오래 시고 푸른 사과
당신은 북향 사과 앞에서는
이 말도 잊지 않더군
비바람에 가지 놓치지 않고
껍질 두꺼워 벌레가 잘 끼지 않는다고
듣다 보면 내 이야기나 당신 이야기 같은
낯익은 이야기가 되어
잠깐 서글펐다 훈훈해지지
사과를 고르다 보면 고르게 둥근 사과를
만나기 힘들다는 걸 알게 되더군
한쪽이 기운 사과를 깎으며
더듬더듬 사과의 북향을 지나
기운 쪽은 내 것으로 당겨 놓고
도톰한 쪽을 내밀며
꿀사과야 하고 권하면
우리는 또 잠깐 서글펐다 오래 훈훈해지지

사랑, 참 이상도 하지

씹어 봐 어떤 맛인지
라일락 잎을 따 입속으로 넣어 주던 너
어금니로 깨물자
혀가 오그라들었어
그게 사랑 맛이야 흥흥
네가 웃었지
뱉지 않았어
치아에 푸른 물들 때까지
오독오독 씹어 꿀꺽 삼켰지
신음 소리 절로 나고
눈물 솟아나더군
응급처치로 껌을 씹었으나
혀는 소태 같은 맛에 먹힌 뒤였어
그 후 라일락 근처에 가면
꽃보다 잎이 좋아지더군
잎을 따 오독오독 씹으면
언제나 처음처럼
진저리 치도록 쓰고 달콤했지

꽈리

저 불룩한 주머니

툭 불거진 식물의 고환

장독대로

담장 아래로

번지는 주홍

한낮이

끓어오른다

환상통

한 송이 꽃을 잃는 것은

꽃나무 전체의 일

꽃자리에서 멈춘 시간이 붉다

꽃의 일은 꽃나무 전체의 일

남아 있는 꽃들 시무룩해질까 봐

잎은 더 맹렬히 피어오르고

뿌리는 뿌리대로 헛헛해

땅속을 더 집요하게 헤집었다

빈 꽃대는 그게 고마워

어느 날부터인가 털고 일어나

세상에서 가장 신기로운 꽃을 피우기 시작했다

조각조각 구름 닮은 꽃을 피우고

사뿐 범나비 닮은 꽃을 피우고

어느 밤인가는 아주 잠깐 어렵사리

보름달을 꼭 닮은 꽃을 피워 올린 적도 있다

꽃을 잃었다고 소망까지 잃은 건 아니라고

주변 꽃나무들에게까지 널리 퍼져

그해 오월은 유난히 싱그러웠다고 한다

그러나 어떤 날은 자고 일어나면

간밤 후려친 비바람에 붉은 꽃잎이 몹시

저리고 아팠다고 조용히 호소하기도 했다
그런 날은 종일 아무것도 하지 않아
주변 꽃들이 슬퍼하면
세상에서 가장 큰 허공을 피워 올리는 중이라며
눈 감고 짐짓 심오해지고는 했다

풀 베기

멀리서는 풀만 수북하더니

가까이 와 보니 꽃이 한철이네

풀 베러 왔다 꽃 베게 생겼네

늙은 어미 밭둑에 서서 끌끌 혀를 차네

어미 눈엔 풀만 보이고

내 눈엔 꽃만 보이네

꽃을 저질러 본 적 없는 나는

댕강댕강 풀 베는 일이 즐겁네

호객

확장 공사 마치고 다시 북새통을 이룬 뒷골목 고깃집
이 집이 대박 친 이유는
손님을 잘 후리는 냄새를 고용한 덕분이었다
불판에 고기가 오르자 냄새들이 숯불처럼 일어난다
바람 인형처럼 부풀어 오른 냄새들 성큼성큼
골목을 누비며 사람들을 호객하기 시작한다
냄새로 환해지는 뒷골목
순번 기다리는 동안에도 냄새들은 손님 곁을 떠나지 않는다
고기가 구워지면 새로운 냄새에게
손님을 넘기고 또 바삐 걸어 나간다
무릎이 닳은 냄새들
자정 가까운 시간 간판 불 꺼지자
황급히 쓸쓸해지는 뒷골목
몇 냄새는 그 쓸쓸함이 좋아 아무렇게나 드러눕는다
일찌감치 손님을 따라나서기도 하고
긴 다리 구겨 낡은 의자에 걸터앉거나
테이블 위에 엎드려 일어나지 못하는 냄새도 있지만
한동안 냄새들은 이 골목 일터를 떠나지 않을 것이다
밤공기로 대충 씻은 부르튼 발을
지붕 타고 내려온 밤 고양이가 핥고 있다

뿔

볕 따가운 바위
뿌리째 뽑힌 돌나물이 햇볕장을 치른다
누렇게 뜨다 꺼멓게 문드러졌다
얼마 후 그 자리에 어린 돌나물이 자랐다
죽은 어미 몸을 얼마나 치받았는지
가지런하던 뼈들 흩어져 있다
어린것들 모두 연초록 뿔을 세웠다

죽은 어미 앞세우고
상수리나무 골짜기로 들어간다
불구덩이에 어미를 밀어 넣고
억겁의 시간을 지운다
망연자실 앉아 있는 검은 머리들
뿔처럼 솟아 있다

감자꽃

말라 비틀어진 감자를
화단 귀퉁이에 묻었더니
어느새 자라 화초들 틈바구니에서
하얀 꽃 피워 물었다
노란 꽃가루 연지처럼 바르고 섰다
졸업식에 온 엄마같이
날네 온 엄마같이
생전 입술 붉어 본 적 없는
강원도 오지 여자
팔뚝 굵고 종아리 알 밴 여자
겉은 뚝뚝해도 속은 포근포근한 여자
꽃 피고 물알이 들기 시작하면
피자마자 꽃은 뒷전인 여자
이파리 무성하고 걱실걱실한 여자
맨발로 달려 나올 것 같은
저 감자꽃 여자

반기살이

반닫이에서 치마저고리 꺼내 입고

강 건너 잔칫집 다녀오시네

사락사락 스란치마 스치는 소리 귀 간지럽네

마당 끝에서 팽 코를 풀고 들어서시네

쪽마루에 걸터앉아 저고리 벗어 휙 밀어 놓으시네

하얀 면보에 싸매 온 것들 풀어 놓으시겠지

몰랑하고 달콤하고 바삭하고 촉촉한 것들

길

달개비 꽃대처럼 등이 휜 노인이
길가에 앉아 있다
강물처럼 길이 흐른다
유속이 약한 길은 흐르다 머뭇거리고
머뭇거리다 흐른다
노인은 가끔 길의 상류 쪽을 본다
천천히 눈으로 길을 좇는다
산 밑으로 길이 스미자
능선을 본다
그 너머를 본다
수심이 깊어진다
길 하구에서 책가방 멘 아이들
치어들처럼 길을 거슬러 오르고 있다
길이 출렁거린다

그 많은 돌은 어디로 갔을까

해마다 개울은 돌을 낳았네
물속 어디서든 돌은 태어났네
우렁우렁 시끄러웠네
동글하고 납작하고
희고 푸르고 붉고 맑았네
모두 제각각이었으나 모난 돌은 없었네
물살에 씻기어
이끼도 없이 매끈했네
돌들은 미미하게 움직였네
저들끼리 물고기들 길을 터 주며
슬쩍슬쩍 자리를 바꾸어 앉기도 했네
간혹 지느러미를 달고 태어난 돌은
물고기들과 한패가 되기도 했네
그러면서 알았네
지느러미는 헤엄치기보다
한곳에 머무르는 데에 더 힘쓴다는 것을
해마다 개울은 돌을 낳았지만
영영 품을 수는 없었네
한 번씩 큰물이 다녀가면
돌들은 모두 어디론가 흩어졌네

떠나간 돌은 다시 돌아오지 않았네
해마다 개울엔 돌들이 태어났네

큰비 다녀간 아침

도적 떼같이
청태 낀 마당을 뒤지고
달리아 꽃밭을 뒤지고
장독대를 뒤지고
사철 푸른 울타리를 뒤지던
빗소리
날 밝아 나가 보니
꽃잎 활짝 피우고
나뭇잎 반짝반짝 닦아 놓고
장독대 해말끔하게 부셔 놓았다
푸른 감 배꼽 위로
똑,
또옥
낙숫물 소리 떨어진다
장독대로 꽃밭으로
부전나비 한 쌍 흘러 다닌다

산 아이와 아기 새

아기 새 보실래요? 하더니 갑자기 손바닥을 마주 대고 문지르는 아이 의아해하며 쳐다보자 찬 기운이 맨살에 닿으면 안 돼요 라고 속삭이며 데워진 손으로 가만가만 아기 새를 감싸 안는다 솜털 보송한 선홍빛 아기 새를 내보이며 한 번 안아 보실래요? 나도 모르게 손바닥을 마주 대고 문질렀다 조심조심 아 따뜻하고 뭉클한 아기 새 숲속 길이 풀밭처럼 환해지는 그때 누구에게라도 찬 손 덥석 내밀지 말아야지 데우지 않은 말 함부로 던지지 말아야지 그런 마음 마구 마구 일렁이는 것이었다

봄

산골 봄은 질척거리며 온다
황토 흙 묻힌 아이들이
신발을 털며 학교에서 돌아오고
경운기는 탈탈 논둑길을 물었다 뱉는다

먼 산 생강나무 부스럼 털고 일어나자
산벚나무 있는 자리마다 꽃 버짐 하얗게 인다

집집이 씨감자 눈을 따고
갈아엎은 비알밭 머리에선
산꿩 한 마리 봄을 쑤석거리고 있다

얼음 풀린 개울
오리 떼 한차례 지나간 뒤
물밑 돌멩이 부부 한 쌍
갓 낳은 뽀얀 알 하나 꾸욱 품고 있다

하루를 닫으며

급히 잠근 단추가
시간을 잡아먹을 때 있다
잘못 채운 단추 일일이 풀어 다시 채우다 보면
진땀 나고 열불 난다
단추를 채우며 아침을 열고
단추를 풀며 하루를 닫는다
영화는 등 뒤에서 첫 단추를 여는 신으로 시작되고
삶은 잘못 채운 첫 단추로 꼬이면서 시작된다
단추를 채우기 위해 기울인 환한 정수리
아이 앞에 무릎 꿇고 단추를 채우는 모습은 숭고하다
완벽한 날이라고 여겼는데
잘못 채운 단추 하나로 모든 게 일그러졌다
생각해 보면 인생은 단추를 채우는 일
살다 보면 멱살 잡혀 후두둑 단추를 뜯기는 날도 있다
단추 하나 채우는 일도 쉽지 않은 날이 있다

제3부

조팝나무

꽃 피는 마을

먼 들녘

아른아른 연기 피어오르고

밥 짓는 냄새 진동하네

무쇠 뚜껑 들썩들썩

하얀 밥물 끓어오르네

꽃 시계

꽃 시계를 차고 다닌 적 있었지
꽃들이 알람을 켜 놓고 부지런히 깨워 주었어
팔목에 차기도 하고 목에 걸기도 했지
호주머니에 넣고 다니거나
배꼽에 붙이고 다닌 적도 있었어

나팔꽃은 소리가 요란했지
나팔 소리에 기상하는 아침은 늘 뜨거웠어
해바라기는 결국 까맣게 눈이 멀더군
채송화 초침은 유난히 똑딱거렸지
틈새마다 얼마나 시끄럽던지

꽃은 스스로 시간을 잰다고 하더군
생명은 모두 저마다의 시계를 차고 있어
어디서나 시간 수리공은 환대를 받는다고 하지

이제 가죽 시계는 벗어 버리고 싶어
꽃 시계를 차고 다니던 시절 간절해졌거든
꽃 시계에 맞춰 일어나고 놀고
사랑하던 때가 그리워진 거지

누가 뭐래도 꽃들은 때맞춰 제 시간에 춤을 춘다잖아

늦기 전에 꽃 시계를 장만해야겠어

촉

팔순 아버지와 마주 앉아
철 지난 마늘을 깐다
마늘이 마늘을 품고 있다
헐렁해진 껍질 속에서
등 꼬부리고 푸른 촉 내밀고 있다
각자 제 것을 품고 있다
잎 줄기 뿌리 온전히 달았다
마늘 한 통이 와글와글 마늘밭이다

시월 중순께면 씨마늘을 바순다
너른 밭에 마늘 발을 세운 후 흙을 덮고
깨 두엄을 얹어 두어야 탈이 없다
죽은 듯 살아 있어야 한다
겨울이 추울수록 달고 매운 마늘이 된다
까무룩 꺼져 가는 기억 속
아버지의 마늘밭은 여전히 푸르다
냉동실에 들어갈 마늘이 촉을 내민 채
우두커니 씨마늘 이야기를 듣고 있다

꽤나무

사전에 없는 이름
살구도 자두도 아닌 꽤나무였다
꽃만 봐서는 동네 최고 과실나무
알이 잘아 자랑이랄 게 없는 나무였다
동네 살구 자두가 끝나면 그때부터
시고 단 꽤가 샛노랗게 익는 나무였다
먹어도 먹어도 배가 차지 않아 우리도
주먹만 한 자두가 열리는 나무로 바꾸자고 조를 때마다
우리 집 꽤는 아무리 먹어도 탈이 나지 않는다고
아버지가 늘 감싸는 나무였다
해종일 매미가 붙어서 울고
가지 너머로 하루 네댓 번 버스가 들어왔다
아침이면 붉은 해님이 걸어 나오고
밤이면 슬쩍 내 뒤를 봐 주는 나무였다
빈집 처마는 삭아 땅에 닿아도 봄이면
여전히 꽃이 환하다는 소식통이 온 날
그 밤 꿈속 정말 꽤꽃이 환했다
꽤가 익을 때 맞춰 한번 다녀가라고
아이들이 몇인지 모두 데불고 오라고 손짓하는 나무였다
얼굴색 노란 말라깽이 가시내를 오래 생각했다고
환한 꽃빛으로 말하는 나무였다

발톱을 깎으며

심장에서 가장 먼 곳

몸의 오지 같은 곳

한때 뿌리였다고 기억하는 곳

맨발 내밀 때 부끄럼 타는 곳

이불 밖 자주 한뎃잠 자는 곳

아기 때는 뒤통수보다 가까운 곳

발가락이라는 지명을 가진 곳

무릎 세우고 등 말아야 닿는 곳

초승달 하나씩 똑똑 떼어 냈을 뿐인데

순해진 발가락

둘째가 없는 나라

동아프리카 방궤울루 습지에 사는

넓적부리황새는 유난히 큰 부리를 가졌다

갓 태어난 새끼는 부리 무게를 이기는 데에만 수 주일

이 걸린다

며칠 먼저 태어난 첫째 넓적부리황새가

아직 머리도 가누지 못하는 둘째를 사정없이 쪼아댄다

어미 품으로 파고들어 보지만 외면당하고 마는 새끼

어렵사리 구한 물과 먹이는 모두 첫째 부리 속으로 들어

간다

두 마리 이상 키우지 않는 넓적부리황새

혹독한 건기에 살아남아야 하는 본능이

넓적부리황새를 비정한 어미로 만들었다

어린 개

눈으로 짖는다
눈으로 낑낑거린다
배가 고픈지 안기고 싶은지
나가고 싶은지 그걸 다 눈으로 말한다
눈으로 듣는 건 연습이 필요하다
몸 낮추고 눈빛 교신 오가면
소리가 온다
발랑발랑 몸 뒤집으며 달려온다
달려와 안긴다
소리는 이미 어떤 말이 되어 안긴다
안겨서 입술을 핥고 콧등을 핥는다
어린 개를 키우는 일은
개가 되어 같이 뒹구는 일
수백 가지 말을 눈으로 짖어대는 일
어린 개처럼 정직해지는 일
눈 맞추고 사과 한 쪽 나눠 먹는 시간
어린 개가 의자 팔걸이에 발을 모으고
살랑살랑
이번엔 꼬리에 말을 달았다

명절 김 씨

이건 남편이 아니라 그저 김 씨다
그런 마음먹고 살 때 있다
몇 날 며칠 김씨 일가들 모여 앉아
고기 굽는다 술잔 돌린다 북적대는 중심에
가부좌 틀고 앉아 파안대소 날리는 남자
흘깃 주방 넘겨다보며 뭐 더 나올 거 없냐고
다섯하게 날 붙이는 남자
불콰해진 얼굴로 흐물흐물 웃는 남자
틀에서 방금 구워 낸 붕어빵처럼
오종종한 생김새들 사이에 낀 영락없는 김씨네 남자
고무풍선 바람 빠지듯 헐렁해진 늦은 밤
간신히 허리 펴고 누우면
하는 짓이라고는 스멀스멀 가슴께로 손이나 올리는
간이 부을 대로 부은 남자
뒷발질로 차 버리고 돌아누워도 약이 안 풀리는
이 아무 죄 없는 남자

나목이 사는 곳

그곳은 그늘이 자라지 못한다
나신들은 그늘에 갇히는 법이 없다
가난한 살림살이는 더욱 반짝거리고
쪽박처럼 뒹구는 돌 위로 햇살이 출렁인다
이끼 낀 바위는 눅눅한 냄새를 털어 내고
피죽도 못 먹은 어린 나무들은
더 이상 돌무덤이 무섭지 않다
위로 곧다는 나무의 통념은 바꿔야 한다
눕고 기대고 뻗대고 있는 나신들은
비탈을 더욱 위태롭게 한다
서로 등허리를 핥고
아랫도리를 맞대고
쥐어뜯고 할퀴고 휘감고
다치고 찢기고 꺾인
오합지졸 잡목들의 집성촌
부끄럼도 수치심도 없는 해맑은 야성
비탈의 나신들을 보고 돌아온 날은
절로 눈 맑아지고 식욕 돋는다

남편

삑사리

고음 이탈해도

큐대 헛나가도

기타 줄 헛짚어도

실수하고

빗맞고

삐끗해도

언제나 당당하다

슬픈 왈츠

오후 다섯 시

라디오에서 왈츠가 울려 퍼지는 시간

매운 연기 너머로 젖은 나무를 꺾는

엄마의 둥근 등을 보는 시간

불콰해진 아버지가 마당으로 들어서고

소쩍새 울음 화살나무 촉처럼 돋아나는 시간

새소리는 허공에 피어나는 꽃일 거야

허공에는 우리가 못 보는 드넓은 꽃밭이 있을 거야

오후 다섯 시

라디오를 타고 흐르던 노래가

\>

어린이 왈츠라는 걸 그때는 몰랐지

사과도 푸르고 감도 푸르던 시간

소리 너머

잠 덜 깬 얼굴 위로 뛰어오르며
붉고 따뜻한 혀로
아침 인사를 퍼붓는다
내 어두운 귀는 미처 열리지 않아도
촉촉한 언어는 한 번도 틀린 적이 없다
붉은 혀로 까만 눈동자로
짧은 네 다리로 촉촉한 코로
뭉툭하고 연한 꼬리로
이 세상에 온 털북숭이
말은 공기를 찢는 소리가 아니라
별빛이거나 아지랑이 같은 것이라고
소리 이전의 소통은
밤이 오는 소리나 꽃이 열리는 소리 같은
소리 너머의 소리라고
어쩌다 멍, 하고 짖는 것은
허공을 터트리는 폭죽
그것을 말이라고 부르지는 않는다고
귓불을 핥으며 속삭인다

달의 바다

길 끝에 바다가 있네
바다는 어둠 속으로 흘러넘치고
젖은 발밑은 바다 쪽으로 으스러지네
바다와 달빛은 썩 잘 어울리는군
다음 생은 바닷속에 살림을 차리고 싶네
그곳에도 지지고 볶는 마을이 있고
계곡과 늪과 강이 흐른다고 들었네
물고기들은 날마다 같은 집으로 돌아오고
낮 물고기들이 비운 집에
밤 물고기들이 들어와 잠을 청한다 들었네
기왕이면 밤 물고기로 살고 싶네
다음 생은 햇빛보다 달빛을 가까이하겠네
달에도 바다가 있다고 하더군
비의 바다 맑음의 바다 풍요의 바다
달빛이 출렁출렁 바다를 길어 올리고 있네
달의 바다에 물이 차오르면
그곳의 첫 물고기가 되어도 나쁘지 않겠군
이제 남은 생은 흩어진 달빛 조각과
잃어버린 비늘과 지느러미를 찾아 떠다니고 싶네

툭

주례 없는 결혼식
신부 아버지 손 편지를 읽는다
기다리던 첫딸이어서
잘 커 주어서
별나게 부모 속 태워서
좋은 짝 만나서
띄엄띄엄 말끝 뭉그러진다
잠시 정지 화면이 된다
툭
마치 기다렸다는 듯이
여기저기서 툭
하객들 모두 얇은 눈물 주머니를 차고 왔는지
툭
툭
아버지 같고 딸 같고 남의 일 같지 않아서
툭
맑고 가벼운 에센스같이
영 점 영 몇 밀리그램 눈물방울이
툭
식 끝나자 하객들 눈 맑아졌다

양지빌라

미천골 계곡에 살던 돌고기가

물놀이 온 아이 손에 잡혀 어항에 갇힌 신세가 되었습니다

어항 속 돌고기는 도시 속 창문으로 비친 달을 향해

어무야, 그 먼 미천골에서 여가 어데라고 나오신니껴

그래 계곡에서는 다들 뭐하고 있습니껴

물은 많이 차가워졌습니껴

박달나무 피나무 물푸레나무 단풍은 올해도 곱습니껴

퉁가리 참가재 쏘가리는 안 다투고 잘 지냅니껴

고라니 멧토끼 오소리도 무사합니껴

어치 두견이 딱따구리도 안녕합니껴

얼음 얼기 전에는 닿지 않겠습니껴

참꽃 피기 전에는 닿지 않겠습니껴

다래 익기 전에는 닿지 않겠습니껴

어항 벽은 신기루같이 일렁이고

돌고기는 하루도 쉬지 않고 헤엄을 칩니다

어항 속 어룽어룽 오늘도 달빛이 출렁입니다

일출

파도가 콧등을 치고 가는 바닷가
바다보다 먼저 밝는 일출집
아침 장사 준비가 끝나고 나면
통유리 너머로 홍게 떼처럼 붉은 해가 밀고 들어온다
썰렁한 홀을 데우고 벽에 걸린 메뉴판을 물들이고
주방까지 밀고 들어와 일을 보챈다
출입문 너머로
갈매기가 울음 몇 점 던져 주면
압력 밥솥에선 취이이익 김 뿜는 소리
찬그릇마다 반찬들이 담기고
달구어진 프라이팬에 생물 가자미가 오르고
가스 불 위에서는 펄펄 곰칫국이 끓는다
수평선을 등에 지고
포구에 배를 댄 어부들
날밤 샌 술꾼들
거리 청소를 마친 청소부들이
얼굴을 쓸어내리며 신발을 털며
욱적욱적 아침 속으로 걸어 들어온다

제4부

꽃병이 있던 자리

그처럼 장렬하게 몸을 던질 줄 몰랐다

꽃병을 오래 방치한 우리들 탓이었다

한번 꽃병이었던 병은

한번 꽃을 품어 본 꽃병은

꽃잎의 체취 잊을 수 없어

다른 무엇이 되고 싶지 않았던 것이다

꽃이 떠난 병을 오랜 시간

꽃병이라 부른 건

딱히 부를 다른 이름이 없었기 때문이다

진짜 슬픔은 투명해서

투명한 것들은 쉽게 들키지 않는다

먹은 마음조차 없어 보이던 꽃병은

한 발 한 발 탁자 난간으로 발을 떼다

무해한 이 가을 아침

덧창을 열던 내 손목을 잠깐 잡는가 싶더니

그대로 휙 몸을 날렸다

쓸어도 쓸어도 묻어나는 슬픔

스윽, 베인 자리

꽃병의 기억을 뚫고 나온 붉은 꽃송아리들

꽃물이 번진다

공기 밥

침상에 누운 아버지
먼 길 가시기 전
밥 잡수신다
눈 감고
입 크게 벌리고
씹지도 않고 삼키신다
국숫발 빨아들이듯
장국 들이켜듯
숭늉 마시듯
양껏 잡수신다
그곳엔 없는 밥인가 보다
우리들에겐 한마디 말씀도 없이
혼자 달게 잡수신다
밥심으로 사는 거라 하시더니
지금 아버지에겐 공기가 밥이다
구수한 밥 한 공기
깊이깊이 들이켜신다
떠돌던 자식들 붙어 서서
아버지 밥 다 잡수시도록
훌쩍이며 곁을 지킨다

슬하

바람이 부네

나무는

잎 놓치지 않고

꽃 놓치지 않네

나무 아래 앉으니

말없이 등 받쳐 주는 나무

바람이 비켜 가네

이마 위로 그늘이 드리우네

가지 사이 햇살이 뚝뚝 떨어지네

조문

눈앞에서 산길이 사라지자
누군가 차창 너머로 중얼거린다
죽은 길이네
일행은 차에서 내려
뙤약볕 아래 일렬로 섰다
널브러진 길이 수풀 너머로 머리를 처박고 있다
살던 입성대로 누운 길 위로
수의처럼 칡넝쿨이 번지고 있다
갈라진 틈으로 개망초 하얗게 나부끼고
산도라지 꽃이 머리를 조아린다
참매미의 곡소리 한번 우렁차다
한세상 다하고 돌아가는 길 위로
적의도 슬픔도 없는 저 푸른 눈들
하늘 아래 이만한 열반이 또 있을까
조문 마치듯 뒤춤뒤춤
갈참나무 사이로 돌아서자
밀뱀처럼 다시 길이 꿈틀거린다

가난한 보약

늦은 저녁 두릅을 데친다
끓는 물에 들어갔다 나온 나물 색이 짙다
먼 옛날 젊은 어미와 아비가
밤늦도록 마주 앉아 한 타래 두 타래
굴비 엮듯 두릅을 엮고는 하셨지
농 섞어 가며 어미가 타박을 하면
아비는 봄나물처럼 연한 변명을 늘어놓았지
저 산더미를 언제 다 엮나 다 엮나 하다
어린 우리들은 잠이 들고
자고 나면 산나물 타래는 새벽차에 실려 가
우리들의 운동화가 되고
간고등어가 되고 등록금이 되었지
양념장에 찍어 아이들 입에 넣어 주며
보약이야 보약
가장 입에도 넣어 주며
보약이야 보약
내 입에도 밀어 넣으며
보약이지 보약
입안 가득 번지는 산나물 내음
먼 날 우리들의 가난을 엮던
고단하고 빛나던 봄밤 우련하다

백합

대낮 상가 여자 화장실에 사람이 사라졌다
용의자는 없고 목격자만 있었다
화장실 창가 비스듬히 놓인 백합 두 대
늦게라도 찾을까 봐 빈 병에 꽂아 주었다
다음 날 사건은 미궁에 빠진 그대로였다
백합은 여전히 창가를 떠나지 않고
사람들은 화장실에 격한 분내가 난다고 기웃거렸다
그때 어떤 목소리가 분내가 심상치 않다고 했다
백합이 왜 그곳을 떠나지 않느냐고 수군거렸다
누군가 은근슬쩍 백합을 떠보자
목격자로만 알았던 백합이 슬슬 입을 열었다
우리는 코를 벌름거리며 이야기를 들었다
사라진 사람은 백합 주인이었다
주인만 꽃을 버리는 줄 알았던 우리는 경악했다
꽃이 주인을 버리는 일은 흔치 않으나
간혹 그러기도 한다는 것을 알았다
누군가 꽃병 물을 갈아 주고
가까이 얼굴을 대 보고
슬쩍 귓속말을 넣어 주기도 했다
버려진 주인은 끝내 돌아오지 않았다

자신의 뜰을 향기로 닦아 놓고 거니는 백합을
우리는 넋을 잃고 바라볼 뿐이었다

머루

나는 머루를 좋아하지
그렇게도 머루가 좋으냐 하고
엄마가 물을 때마다
어디서 이렇게 맛 좋은 머루를 따 오냐고 되물으면
큰 산에서 따왔지 했지
키 높은 넝쿨에
새까맣게 매달린 머루가 보이면
넝쿨 가지를 밟고 올라가 머루를 땄겠지
나는 그 높은 넝쿨 가지를 잡고
요리조리 머루를 따 담는 엄마를 그려 보곤 했지
머루가 익듯 시간은 익어
나는 여전히 머룻빛을 좋아하고
머루 맛을 그리워하지
머루 익는 철이면 먼 산을 향해
머루 순처럼 목이 길어지고는 하지

장마

한 번씩 큰물이 다녀갔다

개울은 물의 바퀴를 굴려

마을을 끌고 어디론가 가닿곤 했다

새로운 돌들이 떠밀려 왔다

돌은 둥글고 매끄러웠다

물은 동굴처럼 차가웠다

우리가 새 개울을 탐험하는 동안

지하 생활을 마친 매미들이 도착했다

우리들은 바빠졌다

여름이 오고 있었다

시

상강 지나
고욤나무에 사다리를 걸치고
고욤 가지 똑똑 꺾어 내려옵니다
까맣게 익었다고 덥석 물었다가는
그 쓰고 떫은 기운에
벌러덩 나동그라집니다
꼭지 따 내고 단지에 눌러 담아
한 달포 캄캄한 광에 들여놓습니다
장서리에 파묻힌 긴긴 밤
문득 고욤 생각 간절합니다
검게 삭은 고욤 한 종지기 내옵니다
떫은맛은 간데없고 그새 달곰해진 고욤
곰삭아야 달아지던 그날의 고욤처럼
모름지기 사람살이도
떫으면서 여물고
곰삭아야 달아진다는 것을 생각하는 밤
툭툭 뱉어 내던 고욤 씨처럼
갖은 상념들 소복소복 쌓여 갑니다

짜릿한 오독

단체 톡 동영상에 누군가
저 여자와 한번 하고 싶다라고 올렸다
기함하여 들여다보니
저 여자와 한번 자고 싶다로 읽혔다
눈 비비고 다시 보니
저 여자와 한잔하고 싶다라고 써 있다

보이시한 목소리 여가수와
한번 하거나 한번 자거나 한잔하거나
내 알 바 아니지만
엉큼하게 오독한 눈 씻어 낼 수도 없고
놀란 말초신경에게 실례했다 치더라도
입 끝 묘하게 끌어당기는 이 발칙한 음탕이여

누구나 욕망을 지배하고 사는 것 같지만
호시탐탐 기회를 노리는 무의식의 폭로에
번번이 제 발등 찍히고 만다
심해로부터 수면 위로 불쑥 떠오르는 욕망이여
물빛에 투영된 오늘의 짜릿한 오독이여

청도반시

　청도반시는 씨가 없다 꽃철이면 마을을 둘러싼 아침 안개가 벌 나비 길목을 가로막는다 오월 볕 아래에서 청도반시 암꽃들은 쓸쓸히 진다 한 열흘 늦게 도착하는 인근 수꽃들과도 마주치지 못한다 철통같이 지키는 주민들은 수꽃이라면 보는 대로 족쳐서 마을 감나무에는 수꽃이 없다 외지 감나무가 청도에 오면 씨가 사라지고 옮겨 가면 없던 씨가 생긴다 어느 해 씨 밴 반시가 나와 마을이 발칵 뒤집혔다 알고 보니 누군가 몰래 심어 놓은 단감나무 소행이었다 또 어느 해에는 씨 밴 반시가 대거 나와 뒤를 캐 보니 암꽃철이 늦어져 때마침 도착한 근처 수꽃들과 한판 잘 어우러졌다고 한다 청도반시는 씨가 없어 달고 찰지다 그러나 여전히 꽃철이면 청도반시 암꽃들은 모두 호시탐탐 오매불망 합을 기다린다

햇살에 기대어

나물 지천일 때 나물 뜯어다 엮고
고구마순 번질 때 고구마순 삶아 말리고
국화 향 진동할 때 국화꽃 따서 말리던 엄마라면
요즘같이 햇살 좋은 날
한 올 한 올 걷어다
산나물 엮듯 엮거나
꽃잎 말리듯 말렸다가
내다 팔아 돈벌이할 텐데
자연 햇살 팔아요
올가을 첫 수확한 햇살이래요
엄마는 예전에 돈 되는 거라면
철철이 백 가지도 더 꿰고 있었으나
미처 햇살까지는 챙기지 못하였네
엄마는 안 계시고
나는 돈벌이에는 젬병인지라
줄줄이 엮었다가
된바람 들이치는 마음의 들창
잘그랑잘그랑 햇살 주렴으로나
드리우면 좋으리

그림자

흐린 날 네게 스밀 때가 좋아
네게 녹아들 때가 좋아
비 오고 눈 오는 날
네게 캄캄하게 갇힐 때가 좋아
한 몸일 때가 좋아

맑은 날 너의 손짓 발짓이 좋아
발과 엇갈려 흔들거리는 팔
성큼성큼 네 보폭에 맞춰 걸을 때
흥얼거리는 엘가의 행진곡이 좋아

한밤중 가로등 아래로 나를 불러낼 때
너의 둘레를 빙빙 도는 의식
그 뭐라 부르는 염원 같은 것

너와 햇살을 노 젓는 아침이 좋아
태양이 머리 꼭대기를 통과할 때면
키 작은 뚱보가 되어도 좋아

아쉬움으로 길어지는 저녁

너와 함께 집으로 돌아올 때면
어쩐지 내가 너의 주인이 된 것 같아 좋아

간이 일기

잉꼬네가 알을 낳자
방 하나를 통째로 내주었다
첫눈이 다녀갔다
셋방살이 잉꼬네 집이 수런거렸다
아기 잉꼬들이 알을 깨고 나왔다
잉꼬네 일어났어? 잉꼬네 안 춥겠지?
잉꼬네 시끄럽겠다
날마다 잉꼬네 이야기로 아침을 열었다
누군가 의자 하나를 잉꼬네 방에 옮겨 놓았다
누구든 한 번씩 앉았다 나왔다
마음이 달떴다
나물 반찬이 맛있게 무쳐지고
빨래가 더 희어졌다
일기 쓰기가 쉬워지고
수학 문제가 쓱쓱 풀린다고 했다
거래처 사장이 애를 덜 먹이고
날마다 차가 덜 막힌다고도 했다
극한의 날씨
우리는 탈 없이
엄지손톱만 한 선홍빛 해를 쬐며
그해 겨울을 건넜다

해 설

잠깐 서글펐다 오래 훈훈해지는 순간들

유성호(문학평론가, 한양대학교 국문과 교수)

1. 원초적 세계를 향한 강렬한 회귀 열망

황정희의 첫 시집 『북향 사과』(천년의시작, 2021)는 오랜 시
간 마음속에 갈무리해 왔던 시인 자신의 경험과 정서를 단
정한 서정적 언어에 담아낸 예술적 집성集成이다. 그의 이
번 시집은 스스로의 사유와 감각을 당당하고 진솔하게 표
현하되, 서정시가 가질 법한 고백과 회상과 다짐과 특성을
두루 견지하고 있다. 우리는 이러한 황정희의 첫 시집을 대
함으로써 때로 정서적 위안을 얻기도 하고 때로 지적 충격
을 받기도 하며 때로 감각적 즐거움을 누리기도 한다. 그런
데 이때 그의 시에 나타난 사유와 감각은 충일한 감동의 방
향으로 그리고 균형과 조화의 방향으로 조직되어 있다. 흘

러가는 시간을 차분하게 응시하면서 그 흐름에 몸을 맡기는 것 외에는 다른 방법이 없다는 존재론적 한계까지 감안하면서, 시인은 오랜 시간이 농축된 기억의 장場으로서의 시를 써 간다. 이는 그 자체로 황정희 시인의 본래면목本來面目이라고 할 수 있거니와 그로서는 원초적 세계를 향한 강렬한 회귀 열망을 통해 자신의 기원을 탐색하려는 순간을 여러 국면에서 보여 주고 있다. 이 모든 것이 시집『북향 사과』의 잠재적 국량이요 온전한 가능성이라고 할 수 있을 것이다. 이 글에서는 이러한 성과와 가능성을 함께 보여 준 첫 시집의 경개景槪를 속 깊이 살펴보고자 한다.

2. 수많은 흔적을 새기는 파문으로서의 기억

대체로 기억이란 시간의 물리적 흐름을 역류해 가는 정신적 운동을 말한다. 옥타비오 파스는 "시적 시간이란 가장 원형적인 기억의 시간으로 구성된다"라고 하였는데, 그 점에서 기억은 인간의 자기동일성에 원초적 영향을 끼치면서 시인의 원체험을 다채롭게 변형해 가는 과정을 가져오는 역동성을 거느린다. 황정희의 첫 시집에 나타난 또렷한 원체험들은 인간 보편의 원형적 기억을 담을 때가 많은데, 그 핵심으로서 우리는 시인의 기억 속에 들어서 있는 '능금'과 '사과'라는 기표를 먼저 떠올려 볼 수 있을 것이다. 수많은 흔적을 새겨 가는 기억의 원형으로서의 능금과 사과는

그 빛깔과 소리와 맛과 향기와 감촉으로 시인의 기억 속에
오롯하기만 하다.

능금나무에게서 편지가 왔네
올해도 가지 찢어지게 능금이 열렸으니
부디 와서 능금 향기 좀 덜어 가라 하네
지난해는 아무도 오지 않아 산까치에게
새 울음 몇 자루 받고 능금을 모두 넘겼다 하네
아 나는 능금나무가 보고 싶네
내 기억의 뜰 젊은 능금나무 한 분
내가 열 살 적 그 능금나무는
우쭐우쭐 크는 능금을 돌보느라
수인사도 잊고
골짜기로 떨어지는 햇살을 퍼다 먹이기 바빴네
푸르다가 노랗다가 붉어지는 능금들이
가지를 물고 쪽쪽 물관을 빨고 있었네
이제는 땅으로 꺼져 수풀이 되었을 너와집 터
능금나무는 전설 속 새색시처럼
늙지 않고 그 자리에 서서
제 발등을 치는 능금만 서럽게 세고 있을 것이네
—「능금나무가 보고 싶네」 전문

시인은 오래전 기억 속 능금나무로부터 편지를 받는다.
이러한 상상적 경험 안에는 능금이 많이 열렸으니 능금 향

기를 덜어 가라는 전언이 담겨 있다. 지난해에는 산까치 울음 몇 자루 받고 능금을 넘겼다는 사연도 이어진다. 오랜 기억의 뜰에 있던 "젊은 능금나무 한 분"을 떠올린 시인은 그 열 살 소녀가 능금을 돌보기 위해 골짜기에 떨어진 햇살을 가져다 먹이곤 했던 시절을 잇달아 불러온다. 수풀이 너무 자라 이제는 옛 모습이 사라졌을 너와집 터에 능금나무가 전설 속 새색시처럼 서 있을 것을 상상하면서 말이다. 능금나무를 보고 싶어 하는 시인의 마음이야말로 지난날로의 회귀 욕망을 시인이 온전하게 가지고 있음을 선명하게 드러내는 것이 아닐 수 없다. 나아가 그 마음은 "서로의 눈빛 어루만지며/ 다독다독 오후의 인사 나누던 나무"(『얼굴』)를 그리워하기도 한다.

이건 북향 사과군
당신은 맛없는 사과를 만나면
그렇게 말하는 버릇이 있더군
사과 좀 안다 이거지
꽃눈이 늦어 씨알이 잘고
오래 시고 푸른 사과
당신은 북향 사과 앞에서는
이 말도 잊지 않더군
비바람에 가지 놓치지 않고
껍질 두꺼워 벌레가 잘 끼지 않는다고
듣다 보면 내 이야기나 당신 이야기 같은

낯익은 이야기가 되어

잠깐 서글퍼졌다 훈훈해지지

사과를 고르다 보면 고르게 둥근 사과를

만나기 힘들다는 걸 알게 되더군

한쪽이 기운 사과를 깎으며

더듬더듬 사과의 북향을 지나

기운 쪽은 내 것으로 당겨 놓고

도톰한 쪽을 내밀며

꿀사과야 하고 권하면

우리는 또 잠깐 서글펐다 오래 훈훈해지지

　　　　　　　　　　　　　—「북향 사과」 전문

　시집 표제작이기도 한 이 시편에서 시인은 '북향 사과'를
통해 '당신'을 상상하고 있다. '당신'은 맛없는 사과를 만나
면 '북향 사과'라고 말하곤 했는데, 그것은 꽃눈이 늦어 씨
알이 잔데다 신맛마저 나는 푸른 사과이다. 물론 '당신'은
비바람에도 떨어지지 않고 껍질이 두꺼워 벌레가 끼지 않는
북향 사과의 장점을 말하기도 했는데, 그 이야기는 "내 이
야기나 당신 이야기"처럼 낯익게 다가와 서글픔과 훈훈함
을 동시에 전해 주곤 했다. 북향을 지나 '당신'에게 사과를
건네던 시절, 서글픔은 잠시였고 훈훈함은 오래였을 '북향
사과'에 대한 기억이 '시인 황정희'를 이끌어 가는 원초적 힘
이 아니었을까 생각해 본다. 그 안에는 "힘차게 공기를 저
어 바닥을 밀고 가는 저 힘"(「엉덩이의 힘」)도 들어 있고 "몰랑

하고 달콤하고 바삭하고 촉촉한 것들"(「반기살이」)도 진하게 담겨져 있지 않은가.

　이처럼 황정희 시인은 현실에서 이룰 수 없는 순수 원형의 세계를 하염없이 회상하고 그리워한다. 온몸으로 겪어낸 어떤 대상에 대한 매혹의 기억을 스스로에게도 부여하면서 수많은 흔적을 새기는 파문으로 대상을 새롭게 생성해 간다. 이때 시인이 수행하는 기억은, 나르시스적 퇴행의 의미를 띠지 않고, 실존적 보편성을 환기하는 면모를 띤다. 삶의 경험을 자신의 언어로 세상에 남기는 일은 그가 스스로에게 부과한 남다른 특권이었던 셈이다. 황정희 시인은 근원 지향성을 통해 이러한 특권을 표현함으로써 그것으로부터의 견인과 초월을 기도하고 있기도 하다. 언뜻 보아 다양한 경험으로 짜인 듯이 보이는 그의 첫 시집은 이처럼 근원 지향성이라는 강력한 구심 원리에 의해 응집되어 있다 할 것이다. 그의 시집은 바로 이러한 근원 지향성의 강렬함과 불가능성 사이에서 발원되고 완성되어 간 세계라 할 것이다. 우리도 그 세계에 젖어 잠깐 서글펐다 오래 훈훈해질 것이다.

3. 유추적 형상화 과정을 통한 너머와 주변의 성찰

　그런가 하면 황정희 시인은 동일성의 감각에 의해 사물을 해석하고 형상화해 간다. 그 과정에서 사물의 이면에 존재하는 시간의 파동을 세밀하게 포착하여 그것을 순간의 형식으로 복원해 내는 데 진력한다. 시인이 수행하는 기억이 이러한 구체적 감각을 담아내는 역동적 현장이 되어 주는 것이다. 그의 시편은 대상을 향한 한없는 매혹과 그리움을 가진 채 씌어지는데, 그 매혹과 그리움은 '너머'라는 초월의 차원과 '주변'이라는 배려의 차원으로 나아가기도 한다.

찻집을 연다면

이름을 너머라고 짓겠네

너머로 아침이 오고 저녁이 오고 어둠이 오고

생강나무 꽃이 오고 제비가 오고 소나기가 오고

높새바람이 오고 첫눈이 오고 사람이 오고

그것들은 모두 너머로 흘러갔네

너머의 것들은 모두 살아 있는 뜨거운 것들이었네
—「너머」 전문

'너머(beyond)'의 사유와 감각을 보여 주는 이 시편은 시인 자신이 찻집을 연다면 그 이름을 그렇게 짓겠다는 상상으로 시작된다. 모든 것은 저 너머로 오기 때문이다. 아침과 저

95

녁과 어둠이, 생강나무 꽃과 제비와 소나기가 너머로 온다. 높새바람도 첫눈도, 드디어 사람도 너머로 와서 너머로 흘러가지 않는가. 그렇게 "너머의 것들은 모두 살아 있는 뜨거운 것들"이다. 시인은 오래된 기억 속에 남은 존재자들이 한결같이 '너머'의 차원에 있다는 것을 함축하면서, "소금쟁이는 소금쟁이 말로/ 느티나무는 느티나무 말로/ 굴뚝새는 굴뚝새 말로/ 바람은 바람의 말로/ 할머니는 할머니 말로"(「소나기」) 전해지는 '너머'를 상상하고 있는 것이다. "커튼 너머 아침 햇살 쏟아지는 영화처럼"(「부부」) 번져 오는 것들이 우리 삶을 아름답게 감싸는 순간이다.

뜨는 해 말고

지는 해 보러 가자

해 마중 아니고

해 배웅 가자

내일 말고 오늘 가자

지는 해 보며

오늘 하루도 좋았다 하자

여기서 지는 해가

저쪽에선 뜨는 해

꽃 지듯 지는 해를

당신이라고 하자

—「지는 해」 전문

심장에서 가장 먼 곳

몸의 오지 같은 곳

한때 뿌리였다고 기억하는 곳

맨발 내밀 때 부끄럼 타는 곳

이불 밖 자주 한뎃잠 자는 곳

아기 때는 뒤통수보다 가까운 곳

발가락이라는 지명을 가진 곳

무릎 세우고 등 말아야 닿는 곳

초승달 하나씩 똑똑 떼어 냈을 뿐인데

순해진 발가락

　　　　　　　　　　　　　　　—「발톱을 깎으며」 전문

　이 아름다운 두 작품은 황정희 시인의 언어 감각과 따스한 성정을 잘 보여 준다. 뜨는 해보다 지는 해를 앞세우는 앞의 작품이나, 발톱을 소중하게 돈을새김하는 뒤의 작품 모두 순연한 온기를 품은 절편絶篇들이다. 시인은 지는 해 보러 가는 것을 "해 배웅"이라고 명명한다. 오늘 지는 해는 내일 떠오르는 해일 것이니 지는 해를 바라보며 오늘 하루 좋았다고 하고, 여기서 지는 해는 저쪽으로 뜨는 해일 것이니 지는 해를 '당신'이라고 하자고 한다. 사라짐으로써 영원한 '당신'이라는 2인칭은 그렇게 꽃이 지고 해가 지듯이, 그러니 다시 꽃이 피고 해가 뜨듯이 다가오는 존재일 것이기 때문이다. 또한 시인은 심장에서 가장 멀어 어쩌면 "몸의 오지" 같기도 한 발가락을 불러온다. 한때 뿌리였다고 기억하는, 맨발 내밀 때 부끄러워하던, 이불 밖에서 종종 한뎃잠을 자기도 하던, 아기 때는 뒤통수보다 가깝던 "발가락이라는 지명"은 초승달 하나씩 똑똑 떼어 내듯이 발톱을 깎으며 더욱 순해지기만 한다. 이러한 '지는 해'와 '발가락'의 심상들은 "아이의 천진 노인의 무구"(「얼굴」)를 견지하면서 "적의도 슬픔도 없는 저 푸른 눈들"(「조문」)을 장착한 채 천천히 번져 오고 있다. 모두 시인의 시선이 피는 것보다 지는 것, 중심의 것보다 주변의 것을 택한 결실들이다.

이처럼 황정희의 시는 삶과 사물에 대한 기억의 현상학에 의해 씌어진다. 또한 그것은 사물 자체의 기억 행위의 결과이기도 하다. 생명의 순간을 포착하여 그것을 존재의 오래된 기억으로 환치하는 작법이 여기서 훌륭하게 비롯되는데, 이 또한 현실 시간에서 벗어나 자신이 고유하게 경험한 시간으로 회귀하려는 의지가 반영된 결과일 것이다. 따로 떨어진 사물과 사물 사이에 연쇄적 연관성의 파동이 나타나는 것도 이러한 의지의 매개가 작용했기 때문이다. 그러한 유추적 형상화 과정을 통해 '시인 황정희'의 견고한 방법과 인식이 비롯되고 비로소 안착되고 있는 것이다.

4. 언어적 자의식으로 충일한 서정시

우리가 잘 알듯이, 서정시는 말 자체에 대한 탐색에 공을 들이는 언어예술이다. 따라서 시를 쓰는 '시인'은 말에 대한 자의식으로 충만한 사람이라는 규정성을 가지게 된다. 황정희 시인의 말에 대한 자의식은 이러한 메타적 탐색의 간단없는 의지를 담고 있다. 우리는 그가 쓰는 시가 그 자체로 시인이 궁구하는 '시 쓰기'에 대한 진중한 고백이 되고 있음을 알게 되고, 그의 언어가 드러내는 것이 이러한 의도를 어슴푸레하게 그려 보이고 있다고 말할 수 있다. 생애를 지탱하고 견뎌 가는 주체와 그 경험과 기억 속에서 생성되는 언어가 갈등적으로 공존하는 것이 그의 시 세계인 셈이다. 언어적 자의식으로 충일한 다음 작품들을 한번 만나 보자.

세상의 말들은 나를 드러내기 위해 있지만
더 많게는 나를 숨기기 위해 있다
오늘 너를 만나 비비새처럼
말이 끊이지 않는 나를 본다
나의 재잘거림은 멈출 수 없다
창밖 흩뿌려진 산수국 꽃은 청보랏빛

꽃이 되는 말이 있다면

어떤 말들이 꽃이 되나

어떤 꽃들이 말이 되나

세상 모든 꽃의 받침은

온몸으로 꽃을 떠받들지만

정작 그것이 뿌리의 말이라는 걸 알고 있을까

살수록 숨기는 일에 더 능수능란해지는 말들

오늘도 나는 너를 주체할 수 없어

네 앞에서 헛꽃처럼 부풀어 오른다

—「입속의 헛꽃」 전문

황정희 시인은 세상의 말들이 누군가를 드러내기보다는 숨기기 위해 있다고 믿는다. 그 점에서 '너'를 만나 수많은 말을 하는 자신을 보면서, 창밖 흩뿌려진 산수국 꽃의 청보랏빛이 더욱 아름답게 존재한다는 사실에 이른다. 꽃들은 그렇게 스스로 말이 되고 어떤 말들은 스스로 꽃이 되기도 할 것이다. 결국 세상 꽃들은 "뿌리의 말"일 것인데, "숨기는 일에 더 능수능란해지는 말들"이야말로 부풀어 오르는 "헛꽃"인지도 모른다. 묵언으로 달변을 넘어서고, 침묵으로 불립문자不立文字의 경지까지 상상해 보는 시인의 품이 '시 쓰기'의 진정한 몫을 펼쳐 보이는 듯하다. 그렇게 황정희 시인은 "눈으로 듣는 건 연습이 필요"(『어린 개』)하다면서 "무너진 흙담 아래 기대어 적막"(『산지기네 싸리비』)까지 엿듣고 싶어 하는 '언어 너머'의 차원을 그리고 있다 할 것이다.

상강 지나

고욤나무에 사다리를 걸치고

고욤 가지 똑똑 꺾어 내려옵니다

까맣게 익었다고 덥석 물었다가는

그 쓰고 떫은 기운에

벌러덩 나동그라집니다

꼭지 따 내고 단지에 눌러 담아

한 달포 캄캄한 광에 들여놓습니다

장서리에 파묻힌 긴긴 밤

문득 고욤 생각 간절합니다

검게 삭은 고욤 한 종지기 내옵니다

떫은맛은 간데없고 그새 달곰해진 고욤

곰삭아야 달아지던 그날의 고욤처럼

모름지기 사람살이도

떫으면서 여물고

곰삭아야 달아진다는 것을 생각하는 밤

툭툭 뱉어 내던 고욤 씨처럼

갖은 상념들 소복소복 쌓여 갑니다

—「시」 전문

이번에는 제목을 '시'라고 붙였다. 상강 지나 고욤나무에 올라 나뭇가지를 꺾어 내려온 시인은, 꼭지를 따 내고 단지에 담아 그것을 캄캄한 광에 들여놓았다. 밤새도록 고욤 생각이 간절해졌는데, 그 시간을 견디고 나자 "검게 삭은 고욤 한 종지기"는 더 이상 떫지 않고 달곰해져 있지 않은가.
"곰삭아야 달아지던 그날의 고욤"처럼 사람살이도 "떫으면
서 여물고/ 곰삭아야 달아진다는 것"을 깨달은 시인은 그러
한 발견을 자신의 '시 쓰기'로 이어간다. "상념들 소복소복
쌓여" 달아진 '시'도 그렇게 오랜 시간을 견디고 삭여낸 결
과라는 비밀을 들려주는 것이다. 고욤의 비밀처럼 찾아온
'시'는 한결같이 "머루가 익듯 시간"(『머루』)이 익어 간 결실일
것이고, "꽃병의 기억을 뚫고 나온 붉은 꽃송아리들"(『꽃병이
있던 자리』)처럼 이루어진 성취일 것이다.

　그동안 우리의 사유를 이끌어 온 기율 가운데 하나는 이
른바 이성적 주체에 대한 믿음이었을 것이다. 이때 불확실
한 대상은 언제나 주체의 판단을 기다리지만 판단을 수행
하는 주체만은 회의의 대상이 되지 않았다. 그런데 최근에
는 이성이 주도해 온 이러한 패러다임에 대한 반성적 사유
가 광범위하게 진행되고 있다. 말하자면 확실하고 단일한
주체 대신에 모호하고 다양한 타자들에 의해 그러한 인지와
판단이 수행되어 왔다는 생각이 크게 대두한 것이다. 말할
것도 없이 서정시는 이성이 그려 온 그러한 흐름을 개괄해
주는 언어가 아니라 그러한 관점이 놓친 저편을 바라보면서
대안적 사유를 보여 온 양식이다. 황정희의 시 또한 단일
한 주체의 확고한 신념보다는 복수의 타자가 경험한 '다른
목소리(the other voice)'를 들려줌으로써 자신의 미학적 지평
을 확대해 가는 세계라고 할 수 있다. 그가 노래하는 언어
적 자의식이 이러한 비밀을 넉넉하게 품고 있다 할 것이다.

5. 설움과 그리움으로 다가가는 시간들

황정희의 시는 시간의 빠른 속도 때문에 우리가 잊었던 삶의 본령이나 궁극적 의미를 일깨워 주는 목소리로 가득하다. 그가 보여 주는 덕목들, 가령 낱낱 사물이 품고 있는 비의秘義에 대한 차분한 관조, 그것을 자신의 삶의 자세로 비유하는 염결성, 현재 삶과 과거 기억을 결합하면서 끌어올리는 그리움의 형상 등은 그의 시가 이루어 가는 물줄기이자 수원일 것이다. 따라서 우리는 그리움의 마음에서 길어올리는 그의 사유와 감각을 따라가면서, 그가 우리에게 들려주는 진정성의 고백을 듣게 된다. 이러한 고백의 줄기에 주변 인물들에 대한 애잔한 경험들이 가로놓이는데, 이러한 관찰과 표현은 그의 존재론적 기원起源을 호출하여 시 쓰기의 저변을 확충하는 데 기여하게 된다. 모처럼 읽는 황정희의 산문 시형이다.

둘째 가졌을 무렵입니다 하루는 장 보러 나갔다가 왜 그리 칼국수가 먹고 싶던지요 층층시하 먹고 싶은 것 따로 챙길 여유 없던 시절 난데없는 칼국수 생각 참 난감했습니다 배 속 아이는 여전히 칭얼대고 좁은 시장통에 서서 한참 머뭇거리다 칼국숫집을 찾아 들어갔습니다 바지락 칼국수 한 그릇 시켰습니다 배 속 아이는 얌전히 기다리고 문밖 소음도 저만큼 물러났습니다 무심코 앉았는데 주방에서 호박 써는 소리 마늘 다지는 소리 냄비 뚜껑 여닫는 소리가 들렸

습니다 아 누군가 내 밥상을 차리고 있었습니다 문득 몇 해
동안 한 번도 밥상을 받아 보지 못했구나 하는 생각이 들었
습니다 삼시 세끼 새로 지은 밥에 국에 나물에 밥상을 차려
내면서도 나는 늘 귀퉁이에서 허겁지겁 끼니를 때우는 밥
하는 여자였습니다 갑자기 내 안에 누군가 비죽비죽 울기
시작했습니다 생각지도 못한 일이었습니다 곧 바지락 칼국
수 한 상이 차려져 나왔지만 내 눈에는 눈물이 그득 차 밥
상이 제대로 보이지 않았습니다 슬며시 몸을 틀어 주방을
등지고 앉아 하나씩 바지락을 건져 냈습니다 그 자리에 눈
물이 텀벙텀벙 뛰어들었습니다 오후 햇살이 흔들리는 등을
붙잡아 주었습니다 그때 내게 밥상을 차려 준 아주머니가
텔레비전 채널을 돌리면서 볼륨을 올렸습니다 어쩌면 콧물
까지 빠뜨릴 뻔 했지만 텔레비전 소리가 콧물 훌쩍이는 소
리까지 묻어 주었습니다 퉁퉁 불은 칼국수를 먹고 또 먹었
습니다 다 먹도록 텔레비전은 시끌시끌 돌아가고 출입문도
열리지 않았습니다

— 「밥상 이야기」 전문

둘째 가졌을 무렵 시장에 갔다가 들른 칼국숫집에서의 단
출한 삽화를 다루었지만, 이 작품은 여성으로서 어머니로
서 가졌던 그의 기쁨과 설움이 진하게 녹아 있어 감동적으
로 읽힌다. 그동안 먹고 싶은 것 제대로 챙기지 못했던 시
절이 떠올라 시인은 칼국수가 먹고 싶다는 생각이 의외로워
진다. 한참 머뭇거리다 칼국숫집을 찾아 들어가 시인은 주

방에서 들려오는 소리를 듣는다. 호박을 썰고 마늘을 다지고 냄비 뚜껑을 여닫는 소리가 들려올 때, 자신은 늘 누군가의 밥상을 차려 왔는데 지금 누군가 자신의 밥상을 차리고 있다는 사실에 생각이 미친다. 자신은 늘 "밥하는 여자"였을 뿐 제대로 밥상 한번 받지 못했다는 생각에, 시인은 자신의 안쪽에서 누군가 울기 시작함을 느낀다. 눈물이 뛰어드는 칼국수 그릇을 마주한 채 흔들리는 등을 오후 햇살이 안간힘으로 붙잡아 줄 뿐이었다. 황정희 시인이 들려준 "밥상 이야기"에는 남모를 설움에도 불구하고 불어 터진 칼국수를 먹고 또 먹음으로써 "먼 날 우리들의 가난을 엮던/ 고단하고 빛나던 봄밤"(「가난한 보약」)을 넘어서는 시인의 모습이 어엿하게 다가온다. 모두 "가난한 살림살이는 더욱 반짝"(「나목이 사는 곳」)거리던 시절을 뒤로하고 아이들을 정성스럽게 키우며 밥상을 차렸을 '시인 황정희'의 오롯한 초상이 따스하게 전해진다. 어쩌면 이번 시집은 그렇게 차려진 훈훈한 '밥상'일 것이다. 그리고 이 또한 잠깐 서글펐다 오래 훈훈해지는 순간일 것이다.

오후 다섯 시

라디오에서 왈츠가 울려 퍼지는 시간

매운 연기 너머로 젖은 나무를 꺾는

엄마의 둥근 등을 보는 시간

불콰해진 아버지가 마당으로 들어서고

소쩍새 울음 화살나무 촉처럼 돋아나는 시간

새소리는 허공에 피어나는 꽃일 거야

허공에는 우리가 못 보는 드넓은 꽃밭이 있을 거야

오후 다섯 시

라디오를 타고 흐르던 노래가

어린이 왈츠라는 걸 그때는 몰랐지

사과도 푸르고 감도 푸르던 시간

　　　　　　　　　　　　　　　　　—「슬픈 왈츠」전문

　황정희 시인을 키운 건 팔 할이 가족들의 사랑이었을 것
이다. "나물 지천일 때 나물 뜯어다 엮고/ 고구마순 번질 때
고구마순 삶아 말리고/ 국화 향 진동할 때 국화꽃 따서 말
리던 엄마"(「햇살에 기대어」)나 "엄마의 둥근 등을 보는 시간"
에 불콰해진 모습으로 들어서시던 아버지는 그 가운데도 가
장 직접적인 존재론적 기원이었을 것이다. 오후 라디오에
서 왈츠가 들려오던 시간, 소쩍새 울음 돋아나던 시간, 시
인은 새소리가 허공에 피어난 꽃이라고 생각하면서 "사과
도 푸르고 감도 푸르던" 그때를 회상하기 시작한다. "어린

이 왈츠"라는 말에서 '소녀 황정희'의 가녀리고 아름답고 순연한 모습이 오버랩되지 않는가. 그때 그 소녀는 "생명은 모두 저마다의 시계를 차고"(「꽃 시계」) 있고 누군가는 "한곳에 머무르는 데에 더 힘쓴다는 것"(「그 많은 돌은 어디로 갔을까」)을 알아갔을 것이다.

황정희는 자신만의 서정시를 통해 자신과 주변의 사람들을 호명하여 인생론적 맥락과 풍경을 견고하게 구축해 가는 시인이다. 언어를 사용하면서도 그 명료성을 넘어서려는 그의 서정적 위의威儀는 나머지를 여백으로 돌리려는 의지에 의해 구현된다. 물론 이러한 방법을 통해 시인이 정성스레 행하고 있는 고백과 기억의 과정은 한편으로는 밝고 건강한 정서로 이루어져 있지만 그 저류底流에는 남모를 쓸쓸함과 외로움 그리고 대상들을 향한 한없는 그리움이 드리워져 있다. 이처럼 남다른 고백과 기억을 통해 삶의 길목마다 흩뿌려져 있던 깊은 내상들과 만나면서 황정희의 시는 그리움의 힘으로 그것들을 치유하고 넘어서고 있다 할 것이다. 애잔하고 아름다운 언어적 의장意匠이다.

6. 온몸으로 통과해 온 인생론적 성찰의 목소리

황정희 시인은 자신의 삶에 주어졌던 슬픔과 환희의 흔적을 시로 거두어 내면서, 그것들을 자신의 성장사와 고스란히 겹쳐 놓는다. 그리고 곁에서 관찰해 온 사람들의 삶을 오롯이 담아낸다. 시인은 그 이야기들에 강렬한 애착을 가지고 그 이야기의 뿌리를 거두어들인 것이다. 그의 관심은 자신이 힘겹게 통과해 온 시간과 사물을 은유적으로 결속하면서 그 안에서 기억의 풍경을 환기하는 데서 발원하고 있는 셈이다. 이제 우리는 이번 시집을 통해, 그가 나고 자란 시간이 품고 있는 형상들을 바라보게 되고, 그 시간을 온몸으로 통과해 온 시인의 인생론적 성찰의 목소리를 듣게 된다. 그 형상과 목소리는 때로 아름답고 때로 처연하게, 우리 기억의 원형을 자극하면서 다가온다. 언어예술로서의 단정함과 충만한 사유를 담은 황정희의 첫 시집을 거듭 축하하면서, 이 가독성 높은 미학적 성과가 독자들에게 성큼 다가서기를 희원해 본다. 오래도록 실존적 떨림과 예술적 울림을 동시에 주는 서정시를 써 온 시인에게 또한 경의를 드린다. 독자들로서는, 오랜 기억과 그리움을 통해 서정시의 '밥상'을 정성스럽게 마련한 시인의 마음을 투명하게 만날 수 있어서 모처럼 충일한 시간을 가지게 될 것이다. 첫 시집『북향 사과』를 반갑게 읽으면서 황정희 시인이 걸어갈 다음 행보도 마음 깊이 기대하고자 한다.